JN002023

短歌を携えて巡る所沢の新名所

所沢七福神

八国山・荒幡富士コース

平塚宗臣

角川書店

目次

装幀・図版作成・DTP　南 一夫
撮影　岡田 充

まえがき

このたび、令和の改元を記念して郷土所沢に七福神をお迎えすることが出来た。このうえない喜びである。

七柱の福の神様は遥か海の彼方の常世の国から、宝船に乗って海を渡り空を飛んでやって来た。そして所沢市の南西、狭山丘陵の麓と柳瀬川の流域にまたがり点在する七つの古刹にお住まいになった。

緑豊かで風光明媚な狭山丘陵と、千年の歴史を刻む古刹、この環境はまるで常世の国のようだとにこにこ顔で喜んでおられる。

最初に、七福神を所沢にお迎えすることになったいきさつに触れておこう。

所沢市は池袋から西武池袋線の急行で約20分の恵まれた立地にあるが、人口は約34万人、ここ十数年横這いである。少子高齢化社会を迎え、モノは満ちあふれる世の中になった。

所沢を未来に向けて魅力ある町にするにはどうすべきか。町おこしが必要だ。その思いを強く持つようになった。今、市民が求めているものは何か。モノではない。心の豊かさ、心の癒し、そして健康だ。そのためには所沢の恵まれた豊かな自然と、先人達が遺してくれた歴史ある資源を活用し、市民の要望に応えることではないか。

福の神様が欲しい。身近に七福神をお招きし、市民に福運を授けていただこう、と立ち上がった。

そして令和の最初のお正月に、目出たく「所沢七福神霊場」を開運開場することが出来た。これは偏に古刹七か寺の住職と檀家の皆さんの、七福神に込めた熱意と実行力の賜物である。

場所は既述の通り所沢市の南西、狭山丘陵と所沢市の主流柳瀬川流域にまたがる緑豊かな地域である。西武鉄道の所沢、西所沢、下山口、西武園の各駅に囲まれており、どの駅からも歩いて巡れる便利な立地だ。しかも車の通りの少ない緑豊かなウォーキングに適したコースであり、「八国山(はちこくやま)・荒幡(あらはた)富士コース」と名付けた。名所旧跡がいろいろある景勝地である。

全長11㎞、歩いて約4時間のコースだが、2日に分けて歩くとゆっくり散策できる。健康に持って来いのコースである。ぜひウォーキングを兼ねて参拝し、福の神様と親しくなっていただきたい。御朱印も用意してある。

本書はこの七福神霊場を、第一番から第七番まで散策のコースに沿って、短歌で案内した歌集であり、案内書である。本書を携えて、歴史散策を兼ねながら福を求めて巡っていただきたい。地図もあり、それぞれの寺や名所を説明した短文も載せた。

短歌は百首掲載した。私が所属するりとむ短歌会の会報誌に1年半にわたり連載した歌である。りとむ主宰の三枝昂之、今野寿美両先生にはこの間適切なご指導をいただいた。心から感謝申し上げたい。

また紀行文「狭山紀行」の二篇は、文人大町桂月が明治40年に記したものと、大正8

年に当時慶應の学生で山岳会の会員であった松本信廣（民俗学者、慶應義塾大学教授、文学博士）が記した紀行文である。狭山丘陵の八国山や荒幡富士などの往時の様子が描かれていて興味深い。

なお松本信廣氏の紀行文は慶應山岳会の会報誌「登高行」の創刊号（大正8年刊）に載ったもの。私の学生時代の友人で慶應山岳部のメンバーであった鎌田裕史氏が見つけ送ってくれた貴重な一文である。ご厚意に感謝する次第である。

そして最後に「所沢七福神霊場」開場祝賀会の記録を付記させていただいた。

今回のコース設定にあたり、荒幡富士について調べてみると、明治時代に村民たちが15年かけて手造りで築山した記録が存在しないのである。唯一遺っている史料と言えば、「荒幡新富士築山の碑」に刻まれてある大町桂月の撰文のみであることを知った。大町桂月の撰文と「狭山紀行」の紀行文がなければ、村民たちの遺した偉業の史料はなかったことになる。

郷土の歴史は史料として後世に残さなければならない。そうした思いから記した次第である。

また本書に掲載した写真は、私の友人で郷土の写真家として活動している岡田充氏が撮影したもの。私の歌に合わせて四季折々、朝に夕に、光を求めて撮っていただいた。ご協力に心から感謝申し上げたい。

そして本書の出版にあたっては、角川『短歌』編集長の矢野敦志氏、担当の吉田光宏氏、装幀の南一夫氏に大変お世話になった。心から御礼を申し述べたい。

歴史とは故きをたずねて新しきを知ることである。未来は学べないが、過去を学べばそこに発見があり、未来への知恵が生まれる。

故きをたずねて新しい所沢の未来を創造してゆこうではないか。七福神が未来に向けて市民に福運をもたらしてくれるので心強い。

令和五年正月

平塚宗臣

所沢七福神

八国山・荒幡富士コース

平塚宗臣

第一番　持明院　恵比寿尊

淵上山持明院龍泉寺
真言宗　本尊 不動明王

平安時代の元慶(がんぎょう)2年（878年）、権大僧都(ごんだいそうず)寂寛(じゃっかん)による創建と伝う。元は秋津村の中央にあり日月(じつげつ)神社の別当を兼ねていたが、享保6年（1721年）賢心上人により曼荼羅(まんだら)堂のあった現在地に移された。

弘法大師の曼荼羅堂青龍伝説や民話「カッパの詫び証文」などで知られる。

恵比寿尊は七福神のなかで唯一日本古来の福の神である。イザナギ、イザナミの子であった蛭子(ひるこ)が海に流され、漁村に漂着し漁民に助けられ漁業の神になったと云われる。右手に釣り竿、左脇に鯛を抱えふくよかな顔をしている。現在では、商売繁盛、五穀豊穣の神として広く民間に信仰されている。

柳瀬川の曼荼羅淵の持明院親しまれをりお不動さまと
創建は平安前期住職は真言宗の大僧正ぞ

空海が東巡のをりこの地にて阿弥陀と曼荼羅納めしといふ

曼荼羅淵に住みし河童は人馬の肝襲ひしと民話は伝ふ

伝説につつまれる寺ぞわれに似て住まひはここにと恵比寿は語る

蛭子とはイザナギ・イザナミの最初の子葦の舟にて流されしとぞ

古事記では神にはなれず漂着し漁民に救はれ恵比寿となりぬ

釣り竿を右手(めて)に左手(ゆんで)に大き鯛かかへていつも笑顔のゑびす

漁業から商売繁盛の神になり恵比寿信仰今に続くも

曼荼羅堂に独りで御座す阿弥陀さま微笑みてをり恵比寿迎へて

本堂と恵比寿尊

曼荼羅堂

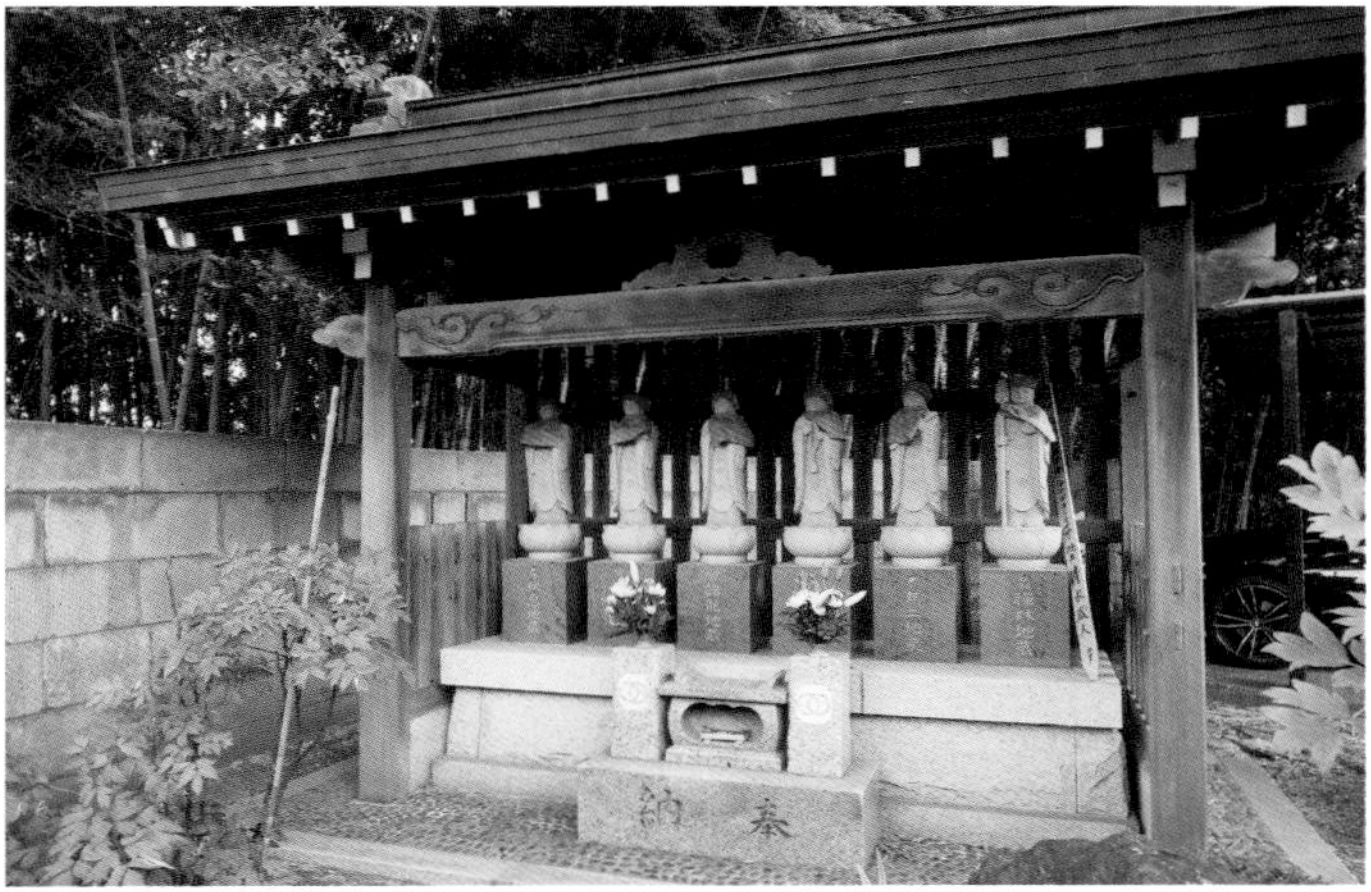

六地蔵。竹藪の下が柳瀬川曼荼羅淵

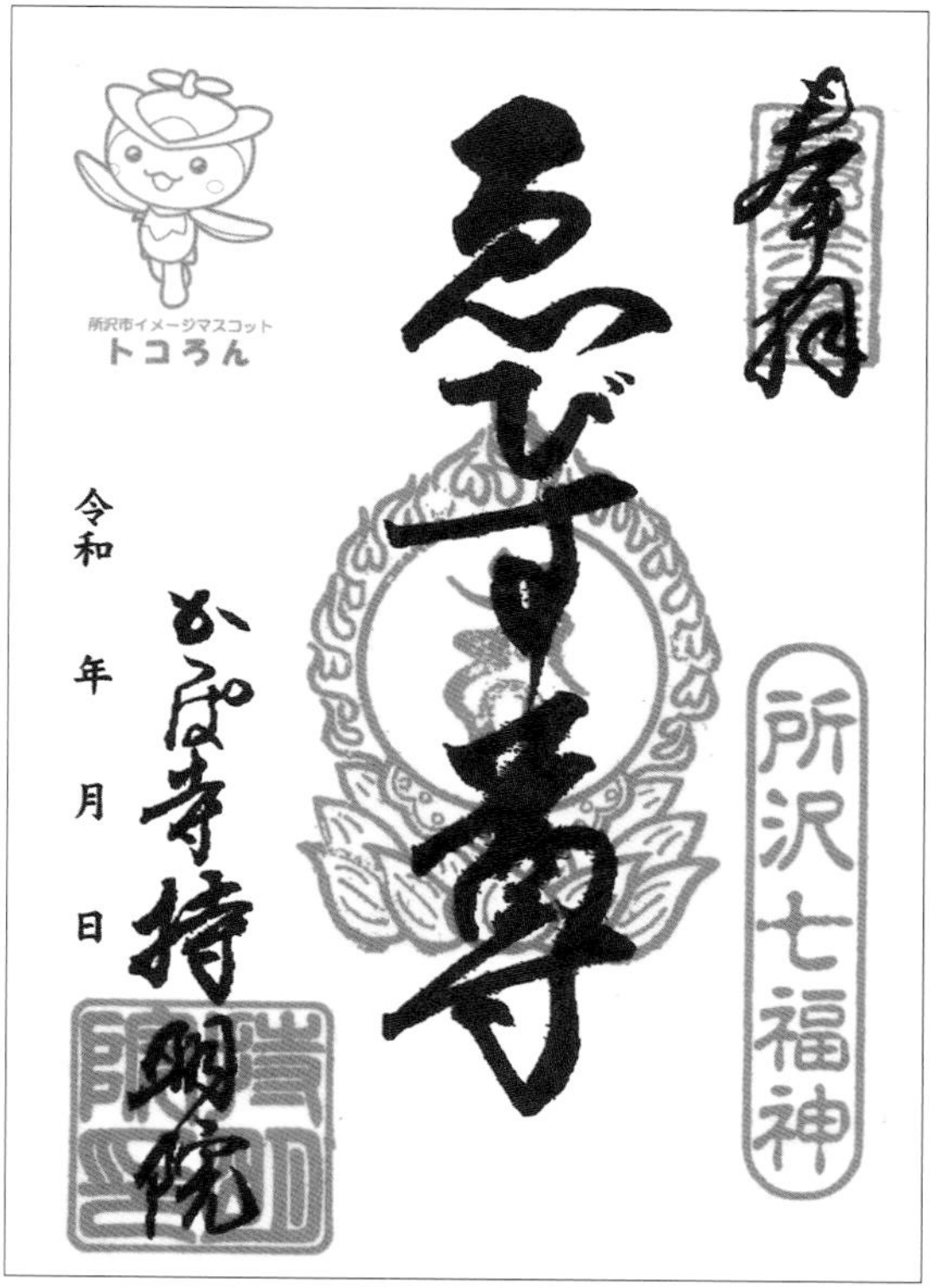
奉拝
えびす尊
所沢七福神
所沢市イメージマスコット
トコろん
令和　年　月　日

持明院　恵比寿尊　御朱印

第二番　長久寺　大黒天

花向山常行院長久寺
時宗　本尊 阿弥陀三尊

鎌倉末期の元弘元年（１３３１年）玖阿弥陀佛によって開山された。所沢唯一の時宗の寺であり、念仏道場として現在に至る。

玖阿弥陀佛は元弘３年（１３３３年）新田義貞の依頼で、鎌倉攻めで戦死した家臣の霊を弔うために、八国山に「元弘の碑」を建てた。

現在、板碑は国の重要文化財となり東村山の徳蔵寺に保存されている。

また江戸時代には久米村の二百石を知行した中根傳七郎正重の菩提寺であった。

大黒天はもともとインドから来た神である。大地を掌握する農業の神であるが、大きな袋を背負い、打出の小槌を持ち頭巾をかぶった姿がよく知られ、財宝、福徳、開運の神として信仰されている。

長久寺は花吹雪のなか境内に一遍の像手を合はせ立つ

鎌倉末期開基は玖阿弥陀佛なり時宗は一寺所沢には

新田義貞に頼まれ玖阿弥が建てたるぞ八国山に「元弘の碑」は

石塔に「慶長三年」刻まるる中根傳七郎正重の墓

襷掛けひつそりと座す首のなき寿和婦貴(すはぶき)尊とふ地蔵六体

すはぶきとは咳のこと。首をとってしまったので咳に苦しむことがない。百日咳や風邪の予防・快癒を祈った。

住職は三十七世温厚な今も賦算(ふさん)に赴くと言ふ

賦算とは念仏を書いた札を配ること。時宗独特の行事。

参道に赤き幟が立ち並び拝む人あり豊川稲荷

小槌持ち大き袋を背(せな)に負ひ米俵踏まふ大黒天は

もともとはインド生まれの大黒天農や福徳守る神なり

この寺が気に入つてますとにこやかに大黒天は桜木の下（もと）

長久寺山門

大黒天

一遍上人像

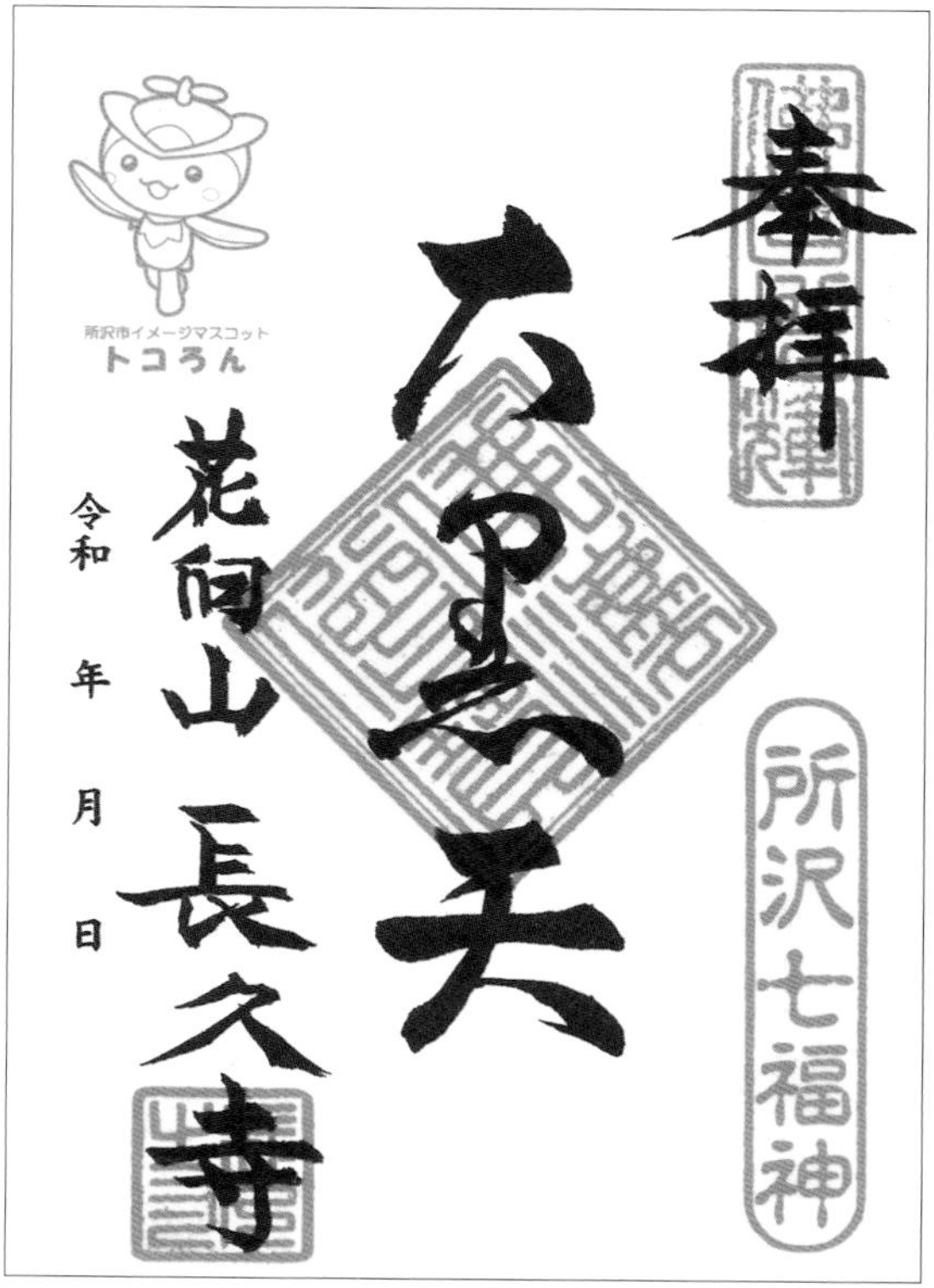
奉拝
大黒天
所沢七福神
花岡山 長久寺
令和 年 月 日
所沢市イメージマスコット
トコろん

長久寺　大黒天　御朱印

八国山

八国山(はちこくやま)は狭山丘陵東端に位置する東西約１・５㎞、南北３００ｍの山の総称である。山の名は昔、上野、下野、常陸、安房、相模、駿河、信濃、甲斐、八州の山々が眺望できたことに由来する。

律令時代には官道の東山道武蔵路(とうさんどうむさしみち)が八国山を切通し、鎌倉時代には鎌倉街道が通っていた。平成13年（２００１年）の古代學研究所の調査によって、東山道武蔵路は八国山緑地を貫通していたことが明らかになっている。

山頂には将軍塚が祀られている。将軍塚は昔、桓武天皇が都を平安京に遷した折、都の守護神として東山の山頂に、征夷大将軍の坂上田村麻呂の像を作り祀ったもの。故に将軍塚と云う。

武蔵国の国府（府中）もこれに倣って、東山道武蔵路沿いの八州を展望できる八国山に、守り神として将軍塚を祀ったのではないか。

新田義貞は鎌倉攻めの久米川の戦でここに陣を敷き勝利している。

また『続日本後紀』は、天長10年（８３３年）に武蔵国多摩郡と入間郡の境に、飢えや病に苦しむ旅人の救護所である布施屋（悲田処）を5棟建てたと伝えている。その場所をめぐっては諸説あるが、現在の松が丘の悲田処跡公園の辺りが比定されている。水あり（柳瀬川）、山あり（八国山）、寺あり（佛眼寺は８０２年の創建）、集落ありで、悲田処を建てる適地だったのではないか。

八国山を南に下ると、室町初期の応永14年（１４０７年）に建てられた国宝の地蔵堂（正福寺（しょうふくじ））がある。八国山は武蔵国の聖地であったと考えられる。

現在はコナラとクヌギの雑木林が続く緑豊かな里山である。

新田義貞が攻めし鎌倉街道ぞ勢揃橋はバス停となり

八国山は関八洲の山々を見渡せりと言ふ　頂(いただき)に立つ

いただきに「将軍塚」の石碑立つ武蔵國が祀りたりけむ

義貞は「元弘の碑」をここに建て家臣の戦死を弔ひたりき

元弘の碑、長久寺の欄参照

青石の板碑は保存されてあり玖阿弥陀佛の文字を刻みて

山腹を切り通したる道なるか東山道は武蔵路の跡

ひっそりと「悲田処跡」の標識が北の傾りの公園に立つ

柿（こけら）葺きの長刀（なぎなた）反りの地蔵堂国宝として南麓にあり

北谷(やつ)に広がる高級住宅地幼な日どぢやうを捕りたりし田ぞ

大町桂月の「狭山紀行」を偲びつつ八国山の尾根道を行く

一一八頁の紀行文「狭山紀行」参照

八国山・将軍塚

重要文化財・元弘の板碑（徳蔵寺蔵）。碑文は 124 頁参照

国宝・千体地蔵堂（正福寺）

八国山尾根道

八国山の山桜

第三番　佛眼寺　福禄寿

王禅山釈迦院佛眼寺
真言宗　本尊 釈迦如来

平安初期の延暦21年（８０２年）法印良秀により開基と伝う。所沢では最も古い寺の一つである。

元亀年間（１５７０年頃）青梅金剛寺の僧円宥により中興開山された。

明治維新までは、平安京の石清水八幡宮から延喜21年（９２１年）に勧請した久米鳩峯八幡宮の別当を務めており、神仏習合の寺の名残りがある。

福禄寿は中国の道教の神で、福（子孫に恵まれる）、禄（富に恵まれる）、寿（長寿に恵まれる）、の三徳を具現化したもので、子孫繁栄、財運、延命長寿のご利益を授ける神である。

鳩峯の南傾りの佛眼寺(ぶつげんじ)経読鳥の鳴くを聴きをり

みつみつし開基は久米氏一族か八〇二年は六宗の頃

地名久米の起源は、大和朝廷の親衛軍を務めていた久米氏の子孫が、東征の折東山道武蔵路を通り、この地に土着したのであろう。

石清水より勧請したる八幡宮分離のされて鳩峯にあり

明治維新の神仏分離令により佛眼寺と八幡神社は分離させられた。

空海が東巡のをり授けしと伝はる曼荼羅絵図は掠れて

所沢地方には空海が行脚された足跡や伝承が各所にある。江の島に参拝したあと、東山道武蔵路を通り参られたのだろう。

空海が灰で捏ねたる弁天像部分のくづれて桐箱の中

「天長七年於江島捏空海」とあり

「文永十年平信能・能行」と刻む板碑は上部欠けをり

1273年

本尊はお釈迦様なり母と来て甘茶を掛けき幼の吾は

延命の護摩法要にオンカーカー呪文を唱へき地蔵堂にて

長頭の福禄寿神はにこやかに本堂の前に吾を迎へる

「私は南極星の化身です福・禄・長寿をお守りします」

本堂と地蔵堂

福禄寿

佛眼寺・六地蔵

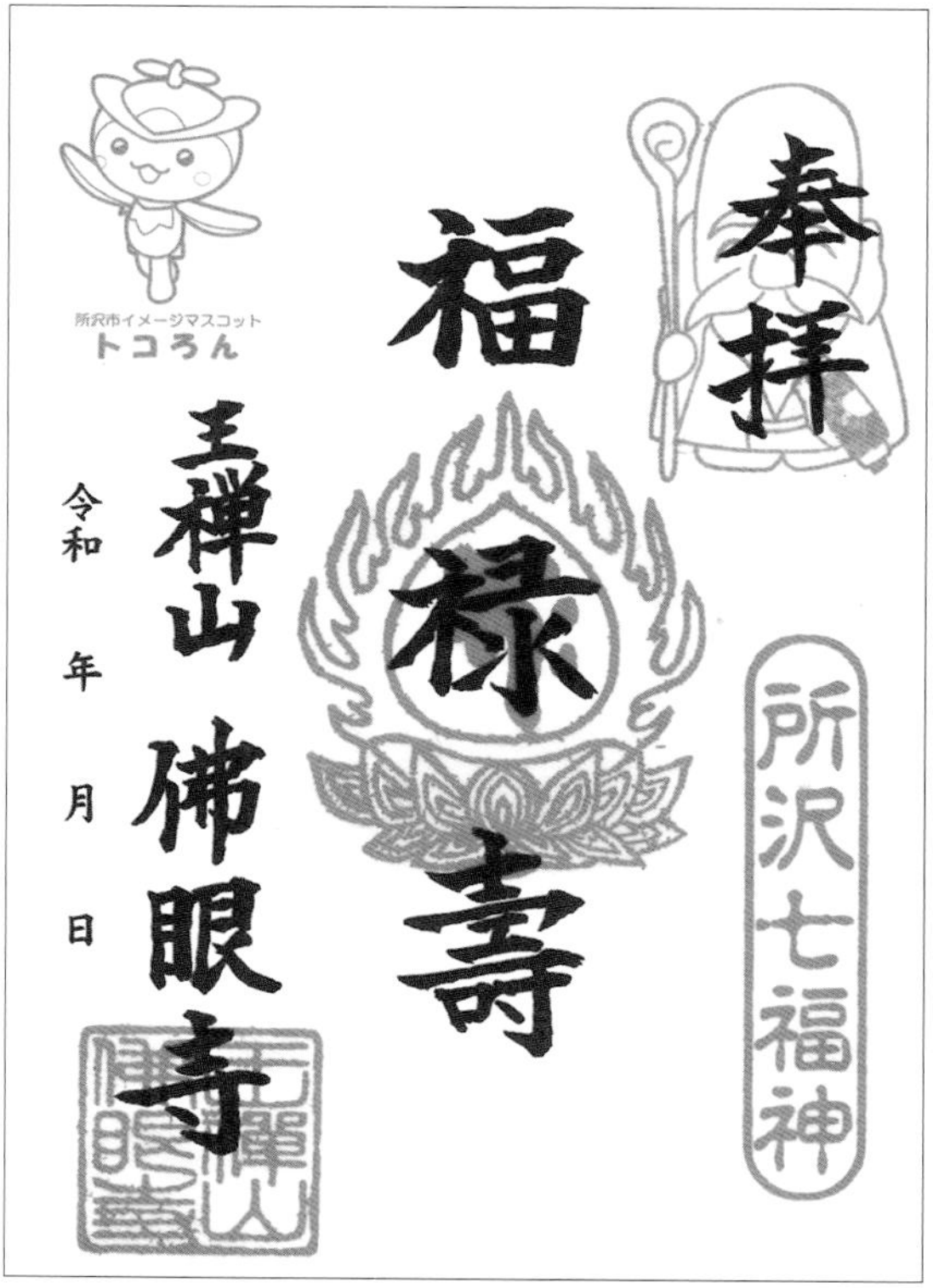
奉拝
福禄壽
所沢七福神
王禅山 佛眼寺
令和 年 月 日
所沢市イメージマスコット
トコろん

佛眼寺　福禄寿　御朱印

第四番　永源寺　弁財天

大龍山青松院永源寺
曹洞宗　本尊 釈迦如来

室町時代の初めの応永年間に、武蔵国守護代の武将大石信重により創建され、戦国の天文年間に、北条氏照により中興された。天正19年（１５９１年）には徳川家康より寺領30石を拝領している。

弁財天はインドから伝来した七福神唯一の女神で、芸能、音楽、学業などの「才の神」や、金運、財運、勝運などの「財の神」として、広く信仰されて来た。

当山の弁財天は、室町末頃の一面八臂の宇賀（うか）弁財天で、頭に蛇体、手に武器、宝珠、鍵を持っている。

真言を唱え拝む事により招福、開運、金運、芸能、学業のご利益が授かると云う。

永源寺甍の棟に三鱗（みつうろこ）紋が光れり大本堂ぞ

三鱗紋は北条氏の家紋

「不許葷酒入山門（くんしゆさんもんにいるをゆるさず）」と刻まれて戒壇石あり合掌をする

「不許葷酒入山門」とは、不浄なものや心をみだすものは、寺門内に入ることを許さない、ということ。

創建は室町の初期武蔵國守護代大石信重と知る

大石信重は山内上杉氏の重臣

中興は小田原北条氏照とぞ養子となりて大石継ぎき

墓塔には珍しきかな銀杏紋大石信重九十六歳

寺宝なる信重寄進の釣り鐘は盗まれたりと住持より聴く

徳川ゆ三十石を賜りし御朱印状あり登城駕籠あり

いにしへゆ弁天池に御堂ありて宇賀弁財天祀りてありぬ

祀神は一面八臂　頭(づ)に蛇体、手に武器、宝珠、鍵もちて立つ

「おん・うがやじゃやきゃらべい・そわか」と唱へては学業財運われは祈れり

永源寺山門

大石信重の墓

弁天堂・宇賀弁財天を祀る

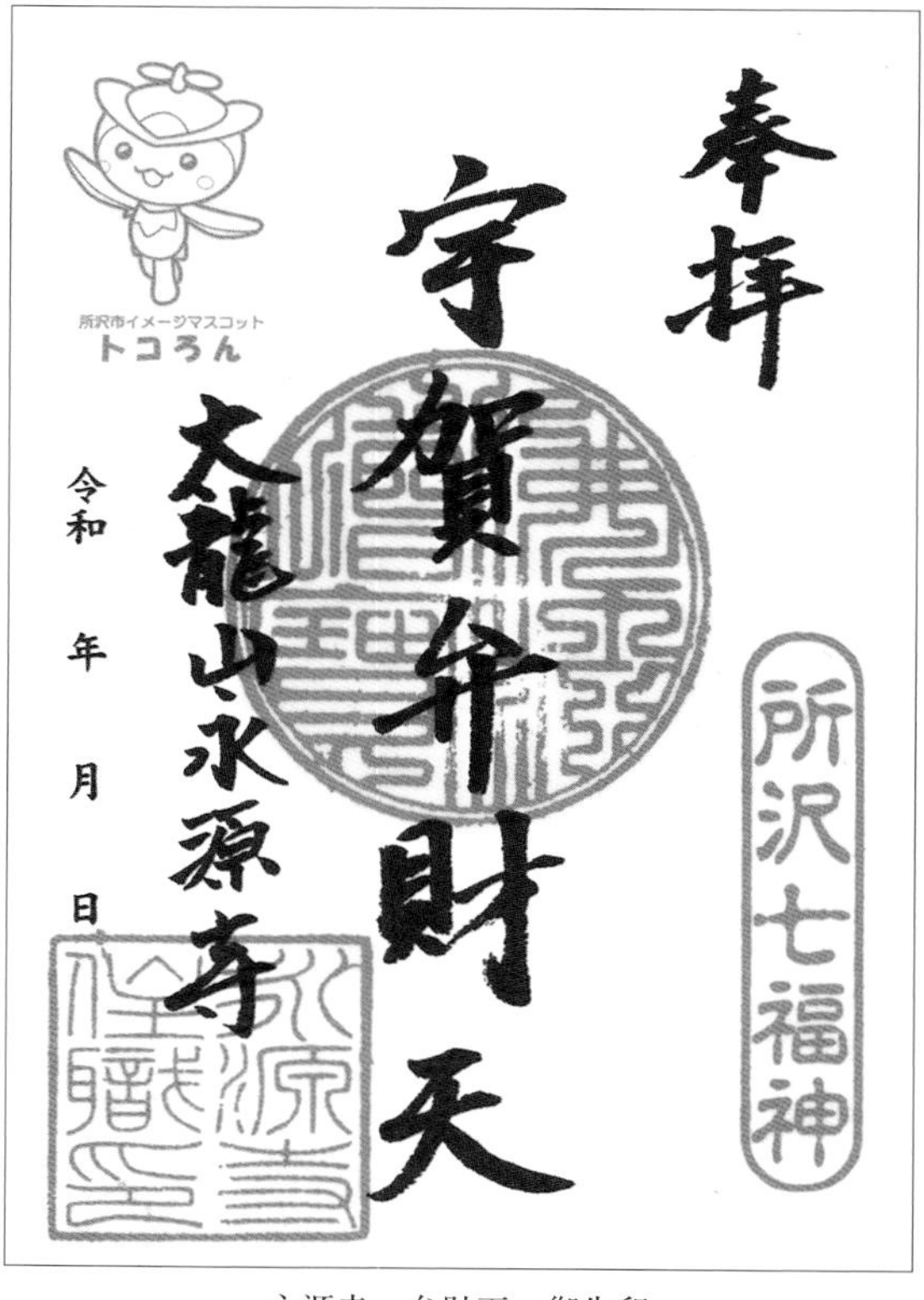
奉拝
守賀弁財天
所沢七福神
大龍山永源寺
令和　年　月　日
所沢市イメージマスコット
トコろん
永源寺　弁財天　御朱印

久米鳩峯八幡神社

久米鳩峯八幡神社は、佛眼寺（ぶつげんじ）が別当寺として延喜21年（921年）に、平安京の石清水男山（おとこやま）（正式名鳩ヶ峰）八幡宮を勧請し、神仏習合の社寺として祀ったのが始まりである。

現在の本殿は室町時代の一間社（いっけんしゃ）造りの建築様式で、埼玉県指定文化財である。

鎌倉末期の元弘3年（1333年）5月に、新田義貞が鎌倉攻めの戦勝祈願をしたと云われ、その時に兜を掛けた「兜掛け松」、鎧を置いた所に祀ったという「鎧稲荷」がある。また、徳川家康が天正19年（1591年）に社領5石を寄進している。その後明治維新による神仏分離令により、寺と神社は分離され独立して現在に至っている。

八坂神社は元は久米村宮ヶ谷戸（みやがやと）天王坂に祀られていた天王社が、明治40年に八幡神社境内に移され八坂神社となった。現在所沢市指定文化財である。

京反りの鳥居をくぐりなだらかな石畳ゆく雑木の杜を

三千坪の杜の中なり本殿と八坂神社と水天宮あり

いにしへゆ鳩峯八幡は久米郷の惣鎮守なり　頂（いただき）に座す

平安前期に京都鳩ヶ峰の石清水より分祀されその名を呼ばる

その昔勧請したるは何びとか別当寺の高僧だらう

荒れ果てし小さき祠は古文書にある武内宿禰（たけのうちのすくね）の宮か

静寂の境内に遺る兜掛け松新田義貞の祈願伝へて

疫病除けの牛頭天王（ごずてんわう）が祀られて天王社はいま八坂神社に

ふるさとに八百年の時刻み夏祭り続く御神輿担ぎ

安産と厄除け祈願の水天宮鎮座まします鰐口つるし

久米鳩峯八幡神社（参道から本殿を望む）

久米鳩峯八幡神社（初詣）（埼玉県指定文化財）

久米鳩峯八幡神社・新田義貞兜掛松史蹟

八坂神社（所沢市指定文化財）

久米水天宮

第五番　光蔵寺　寿老人

荒幡山無量院光蔵寺
真言宗　本尊 阿弥陀如来

創建の年暦は不詳だが、本尊の台座に「弘法大師御作阿弥陀如来、慶長元年四月初めに再興す……」とあり、また寛和（９８５〜９８７年）の古碑もあったとされ、創建は平安時代と考えられる。千年の歴史を刻む古刹であり、境内に板碑の展示室がある。

寿老人は福禄寿と同じく中国から伝来した神で、南極星の化身と云われる。長頭で口髭、顎鬚をたくわえており、当寺の寿老人は右手に杖を左手に長寿の印である桃を持っている。延命長寿の神である。

また傍らにうれしい事、悲しい事、何でも聞いてくれる耳の大きな「聞くぞう地蔵尊」が祀られている。

千年の時を刻みし光蔵寺狭山丘陵荒幡に建つ

山号の「荒幡山」の金文字の額を掲げて山門のあり

創建は平安中期か年号の「寛和」を刻む古碑ありしとぞ

本尊の阿弥陀如来はもともとは弘法大師の御作とあり

再興は江戸初期の僧賢宥と本尊の台座に記されてあり

網代笠かむり脚絆に草鞋（わらぢ）はき錫杖をつく空海の像

境内にある板碑の展示室鎌倉時代の九基が並ぶ

にこにこと鬚たくはふる寿老人掌（て）に桃をのせ迎へくれたり

「私は南極星の化身です叶へさせませう健康長寿」

首傾げ何でも聞いてくださるは耳の大きな「聞くぞう地蔵尊」

光蔵寺・山門

寿老人

光蔵寺・聞くぞう地蔵尊

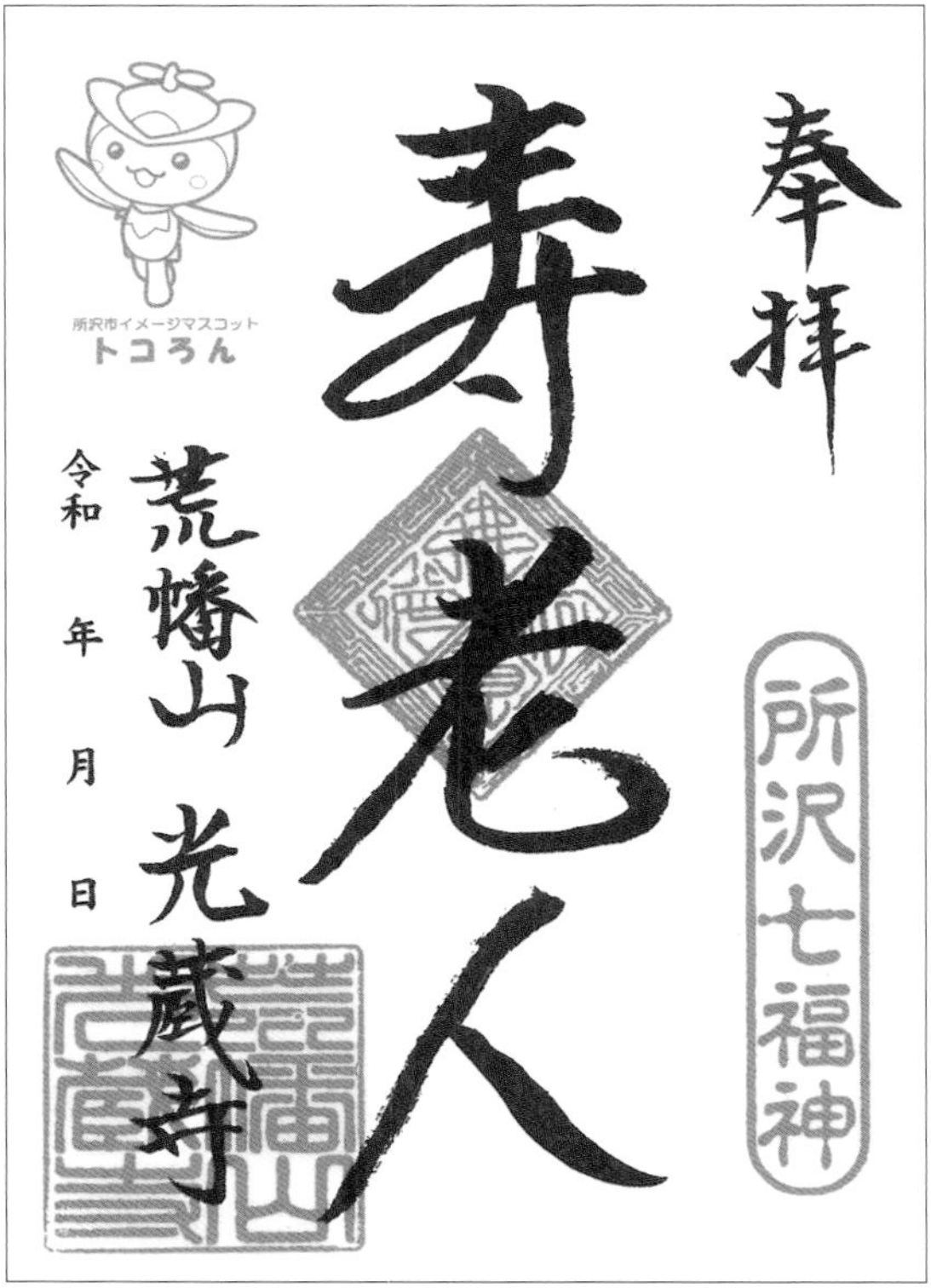
奉拝
寿老人
所沢七福神
荒幡山 光蔵寺
令和 年 月 日
所沢市イメージマスコット
トコろん
光蔵寺　寿老人　御朱印

第六番　本覚院　布袋尊

月桂山本覚院喜福寺
真言宗　本尊 不動明王

南北朝時代の康暦（こうりゃく）２年（１３８０年）阿闍梨法印法円により創建され、弘治元年（１５５５年）に大僧都法印恵静により中興された。

その後荒廃が進んだため、平成12年（２０００年）に檀家により新築再建された。

布袋尊は中国唐代の禅僧で、小柄で太鼓腹、大きな袋を担って各地を放浪し、吉凶を占い、福を施したと云われる。

また未来仏の弥勒菩薩の化身と崇められ、笑門来福、夫婦円満、子宝の神として信仰されている。

荒幡富士へ向かふ麓の本覚院（ほんかくいん）七福神の幡が閃く

創建は南北朝と伝へらる中興、無住の歴史きざみき

平成十二年無住の寺を再建す檀家総代小泉正雄

住職は三十一代真言宗本尊に不動明王祀る

弁天池に大きな鯉が群れをなしあぎとふを見て鳥居をくぐる

弁財天の石の祠に刻まれし「明和七年巳待(みまち)講中」

巳待とは己巳（つちのとみ）の日に行う弁財天の祭

荒幡村四百石は永井氏の采地なりけりここか菩提寺

位牌には一○○(いっぴん)の紋永井与次郎は大江吉次と記されてあり

永井（長井）氏は鎌倉幕府の文官大江広元の末裔なり

本堂の階段横の布袋尊軍配をもつ笑顔が楽し

「私は中国生れの布袋です袋に福が詰まつてゐます」

本覚院（本堂全景）

本覚院・本堂

布袋尊

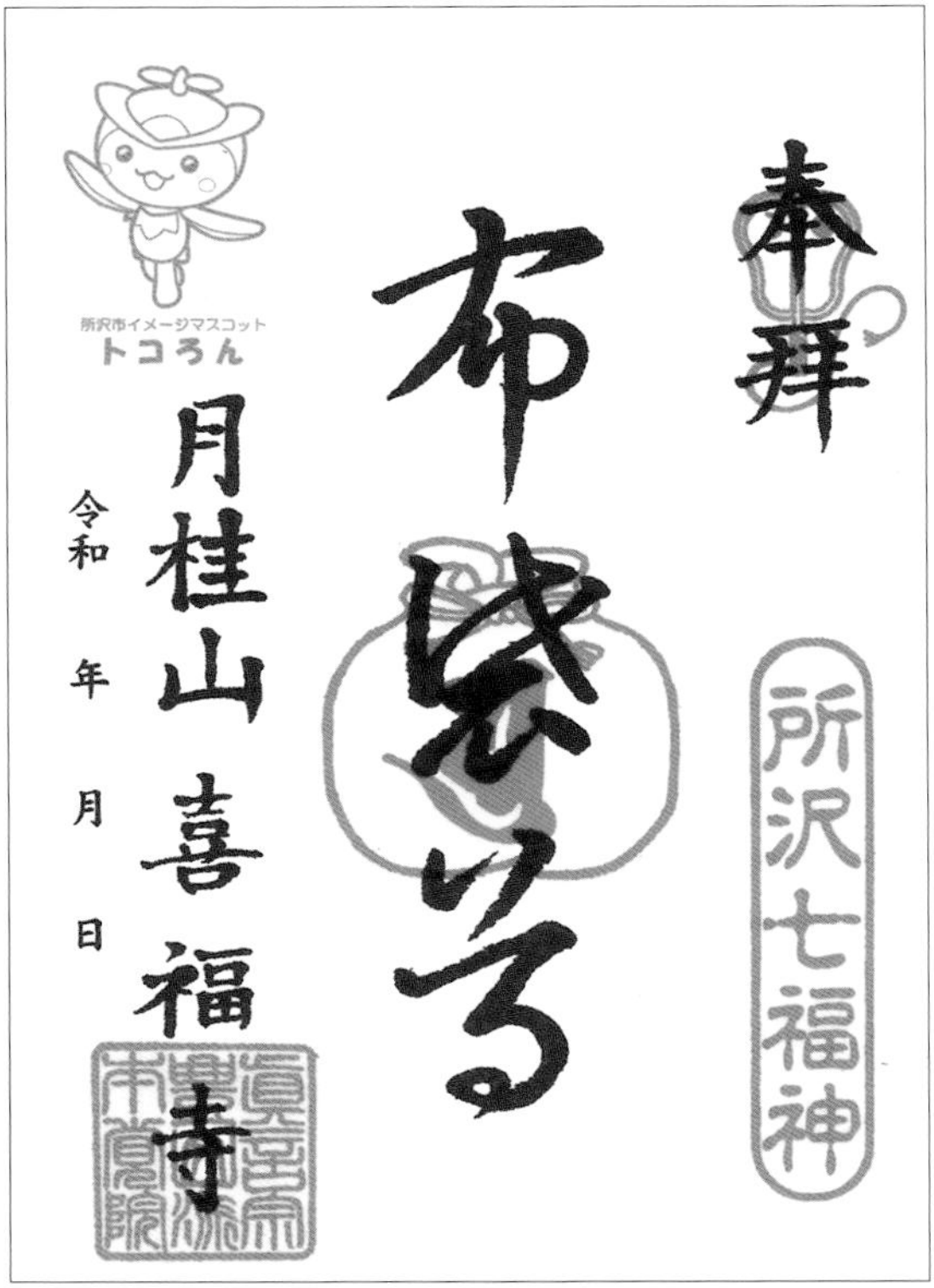
奉拝
布袋さま
所沢七福神
所沢市イメージマスコット
トコろん
令和　年　月　日
月桂山 喜福寺

本覚院　布袋尊　御朱印

荒幡富士

荒幡（あらはた）村の村民が、明治17年から明治32年までの15年間に、延べ一万人の人足で築きあげた手造りの富士山である。高さは約20ｍ、標高１１９ｍ。

とくに関東では江戸時代から、霊峰富士を拝む富士信仰が盛んであった。明治から大正にかけて文人大町桂月が、狭山丘陵の八国山から荒幡富士をしばしば訪れ、明治40年に紀行文「狭山紀行」を記した。

これにより荒幡富士の存在が世に知られるようになった。

荒幡富士には、山裾に浅間神社が建ち「木花之開耶姫（このはなのさくやひめ）」が祀られている。登り口には、大町桂月の撰文を刻んだ「荒幡新富士築山の碑」が建てられている。

荒幡新富士築山の碑

碑　文

狭山丘陵ノ上ニ淺間神社アリ。村社ニシテ木花咲耶姫命（このはなさくやひめのみこと）・大山祇命（おおやまつみのみこと）・少彦名命（すくなひこなのみこと）ヲ祀ル。地ハ荒幡ニ屬ス。荒幡今ハ吾妻村ノ大字ナルガ、元來村トシテ獨立シ、村內ニ小字多ク、小字毎ニ鎮守アリテ民心統一セズ。有志者之ヲ憂ヒ、明治十四年三島・氷川・神明・松尾ノ四祠ヲ淺間神社ニ合祀シテ、松尾神社ノ地ニ移セリ。淺間神社ノ境內（けいだい）ニ在リシ富士山ヲモ移シ、更ニ幾十倍モ大ニシテ高サ六十尺ニ達セリ。荒幡ノ新富士山ト稱ス。明治十七年起工シ、同三十二年竣工セリ。氏子ハ言フマデモナク、附近村落ノ信徒モ加ハリテ、工事ニ從フ者前後一萬人ニ及ベリ。斯クテ村民相統一スルノミナラズ、一種ノ偉觀ヲ呈セリ。嗚呼神德大ナル哉。富士ノ日本カ、日本ノ富士カ、我國民性ハ富士ノ靈山ト相呼應スルコト久シ。東京附近ニハ人造ノ富士少ナカラザルガ、此富士最モ傑出ス。余幾度トナク來リ登リテ、眞ノ富士山ヲ仰ギ、關東平野ニ俯シ、雄大ナル眺望ニ感激スルト共ニ、之ヲ築キタル村人ノ誠意ニ共鳴セズンバアラズ。當年ノ愚公ヲシテ見セシメバ、如何ニカ驚嘆スラム。

八州の我に朝する青葉可南

大正十年三月

大町桂月 撰
芳賀剛太郎 書
田中砦鮮 刻

本覚院を出でて山路を登りゆく名所荒幡富士にあふべく

ああ荒幡の富士山よ百十九米こんもりと立つ姿を見上ぐ

遠足で登りし頃が懐かしく友の顔顔浮かび来るなり

山裾に赤きトタンのお社（やしろ）が祀られてあり浅間神社（せんげんじんじゃ）

富士築山の碑に刻まるる大町桂月（けいげつ）の撰文と句を眼を凝らし読む

明治期に一万人の村びとが十五年かけ築きし富士ぞ

村びとの歓喜の声が聞こえ来る荒幡富士の山頂にいま

「八州の我に朝する青葉可南」吟じし桂月の旅姿出づ

山頂に見やる霊峰富士の山、秩父連山、新宿タワービル

一帯は市民の森ぞ眼を癒すアザミキキョウに赤き柿の実

荒幡富士

荒幡新富士築山の碑

荒幡富士　山頂より霊峰富士を望む

荒幡富士　浅間神社

荒幡富士　山頂よりの展望

第七番　海蔵寺　毘沙門天

川嶋山釈迦院海蔵寺
真言宗　本尊 釈迦如来

室町時代の文明元年（１４６９年）に、村山党の山口氏（山口城主）の一族であった岩岡民部少輔道岩入道により創建された。小手指ヶ原の戦いや南北朝の動乱で討死した将士を弔うために建てた寺である。鎌倉海蔵寺より尊栄上人を招いたので寺号を賜った。江戸時代には当山13世住職の虚明僧正が、大和国総本山長谷寺の能化（住職）の座に就いたことにより、出世寺と崇められた。

毘沙門天は元々インドの神で佛教の守護神である。また戦いの神として武将に信仰された。今日では金運、財運、商売繁盛の神として信仰されている。当寺の七福神・毘沙門天は、本堂に祀られている秘仏の毘沙門天像に似せて新しく造られたものである。

〔村山党略系図〕（『埼玉叢書』第四巻所収、武蔵七党系図）

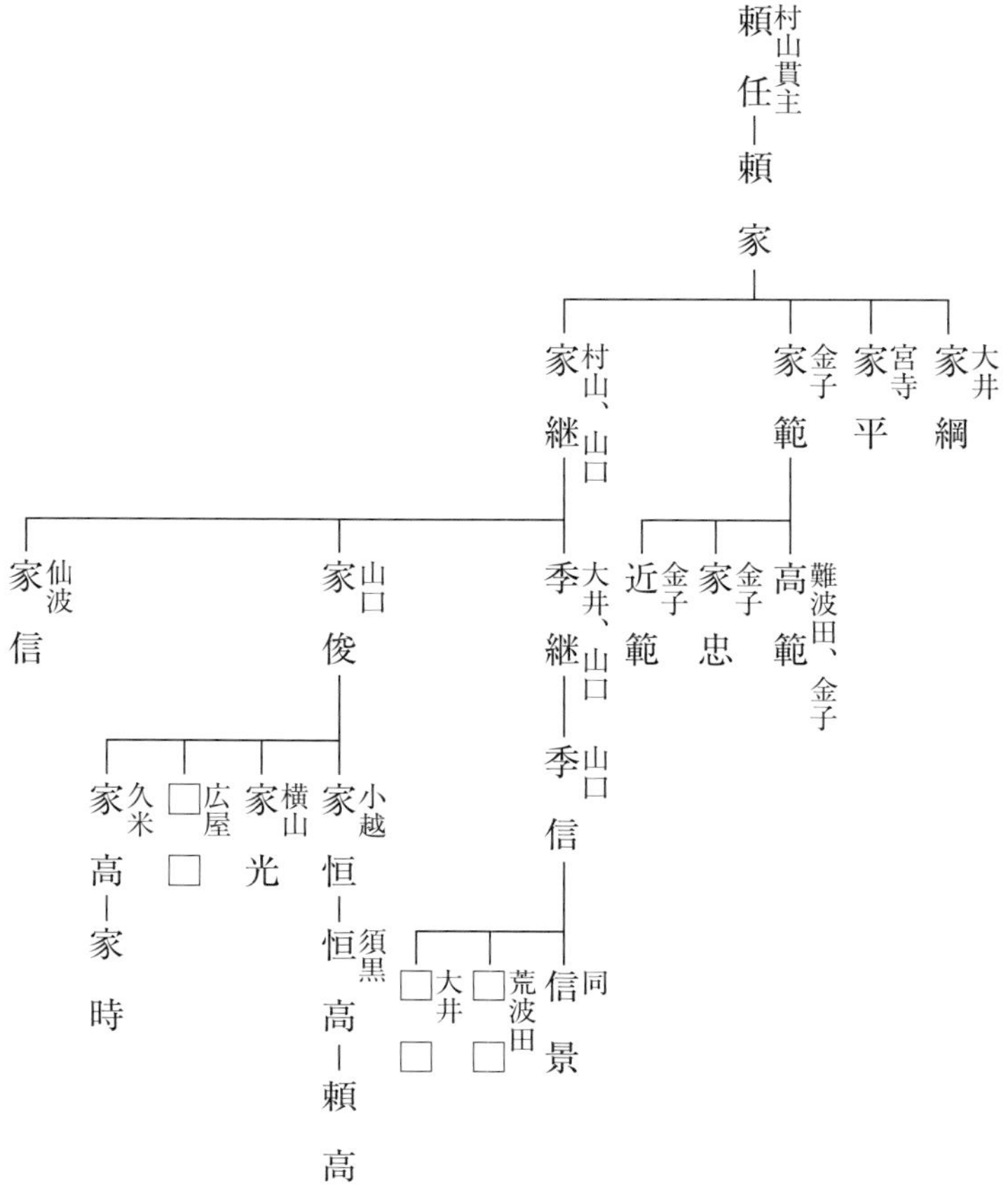

柳瀬川の上流に沿ひて海蔵寺山口城址の域内に建つ

開基せしは村山党の山口氏、岩岡氏とぞ室町時代

南北朝の戦乱に死せし郎党の霊弔らはむと建てきと伝ふ

開山は尊栄上人鎌倉の海蔵寺の号を賜りしとぞ

いまもなほ子孫は此所につづくらし岩岡氏先祖累代の墓

海蔵寺の虚明僧正は江戸の世に大和長谷寺の能化となりき

「この寺は出世寺なの」手を合はすゆかしき姿の中年の女(ひと)

本堂に毘沙門天の秘仏あり「室町期作」と住職は言ふ

境内に立つ毘沙門天は両の手に宝塔宝棒邪鬼を踏みつけ

もともとはインドの神よ仏教と戦の守護神吾は手を合はす

海蔵寺・本堂

岩岡氏の墓の一部

毘沙門天

海蔵寺　毘沙門天　御朱印

紀行文「狭山紀行」二篇

狹山紀行

大町桂月

茶の名に知られたる狹山、東京の西七八里にありて、入間、北多摩二郡に跨る。高さは、わづかに百米突内外なれども、愛宕山、飛鳥山、道灌山の如き、臺地の端とは異なり、ともかくも、山の形を成して、武藏野の中に崛起し、群峯相竝び、また相連なりて、東西三里、南北一里に及ぶ。武藏野の單調をやぶりて、山らしく、且つ眺望あるは、唯〻こゝのみ也。

明治四十年六月二十五日、降りさうにて、降らず。腦の心地惡し。午後二時頃急に思ひたち、田中桃葉を伴ひて、狹山へとて、家を出でぬ。

甲武線を取り、大久保より中野までは、電車に乘る。向側に腰かけたる一老人、田舍の人と見ゆれど、靴をはけば、農夫とも思はれず。洋傘は右脚に接して立てかけたり。煙糞を掌にうけつつ頻に煙草ふかす。忽ちアレ〳〵と、隣の人が注意するに、老人はじめて氣がつきて、洋傘をもみ消す。煙糞の火のうつれものにて、はや八分四方ぐらゐに擴がり居りたり。二三回も禮は云ひたるが、傘の方は、一向にふりむきもせず。慾も德も無き善人か、さなくば意氣を尙ぶ男かなるべしと、しばし見入りたり。

中野より汽車に乘り、國分寺にて乘りかへて、東村山に下る。將軍塚さして行くに、路傍に德藏寺あり。元弘戰死碑あり。一寸見れば、農家とまがふばかりの荒寺也。門も無し。入口の左の方に、元弘戰死碑あり。この土地の豪族なりしなるべし、飽間三郎、同孫七、同孫三郎の三人、元弘三年、新田義貞の軍に從ひて討死せる由を記せり。碑の上部は缺けたれど、文字はなほ明か也。扁阿彌陀佛といふ筆者の名も見ゆ。元人の骨法を得たりとて、風流好古の士、こゝに來りて賞玩するもの多かりしことは、江戶名所圖會にも見えたり。とにかくも、五百年前の古碑也。而して、事は忠勇義烈に關す、益〻珍重すべき也。

寺を出でて、間もなく、狹山の最東端にとりつく。測量の三角臺のある處は、卽ち將軍塚也。塚といへども、まことの塚にはあらず。元弘三年、新田義貞が軍勢を揃ふる爲に、こゝに旗を立てたるを以て、將軍塚といふとの事也。旗を立つると云ひ、三角點を設くると云ひ、遠望のきく處をえらぶは、古も今も、同一轍也。

田を一つ越えて、峯にとりつけば、麓に寺あり。上に八幡祠あり。其傍に、水天宮あり。八幡宮より遙に小なれども、繪馬堂もありて、奉納の繪馬多きは、御利益あればなるべし。源氏の故國とて、關東は到る處に八幡宮あれども、御利益なければ、いづれも、さまで繁昌はせざるやう也。

峯背を西に七八町ゆき、北折して三四町ゆけば、狹山の上には珍らしき平坦の地あり。一方に、明けはなしの堂宇あるは、淺間神社なるべし。一方に、圓錐丘高く、草生ひしげり、樹木も、ところ〴〵に立てり。路、斗折して通ず。合目毎に石立てり。折々手を刺すは、薊也。花を帶びたり。さつきも咲き殘る。十合目にいたれば、卽ち頂上也。小なる石龕あり。狛、相竝ぶ。聞く、この人造の富士山は、この村の富士講の連中言ひあはせ、ひま〳〵に、一畚づゝ土を運び、十年もかゝりて、數年前に、こしらへ上げたりとの事也。東京市內外へかけて、人造の富士多けれども、かばかり大なるは、他にその比を見ず。村民の辛苦、思ふべき也。然し、大なりと云ふも、人造と云ふことを忘るべからず。偉大なりといふも、他の人造富士に比較しての事也。

地は、入間郡荒幡村に屬す。荒幡の新富士とて、このあたりにては有名なれど、未だ都人に知られ居らざるは、惜しきこと也。われ曾て、東京及び其附近にて、眺望のすぐれたる處を選びて、六個處を得たり。一、芝の愛宕山、二、品川の品川神社、三、市川の國府臺、四、立川の普濟寺、五、百草の百草園、六、この荒幡の新富士、これ也。其中にて、四方とも眺望あるは、この新富士のみ也。脚下に、一帯の狹山を見下し、遠く關東の平野を見渡す。西に富士、東に筑波。日光の山や、秩父の山や、甲相の山や、すべて寸眸の中に收まる。都人こゝに來りて、はじめて眺望の美をとくべし。感謝す、村民の賜物、亦大なる哉。

八州の空に一つの雲雀哉

八州の我に朝する青葉哉

如何に桃葉、大なる句にあらずやと云へば、われも、それにまけぬ句を得たりとて、

八州の空を横切る杜鵑哉

桃葉

時鳥が啼きたるかと問へば、あの聲が聞えぬかといふ。わが左耳は、幾んど聾す。右耳も、人なみほどには聞えず。啼いたといふは、桃葉の耳に眞理也。啼かぬかといふは、余の耳に眞理也。古來賢哲のわかりし所、凡人はわからず。凡人の心を以て、賢哲の心を推す。正邪顚倒し、善悪處をかふるも、亦已むを得ざる也。

數日前、桃葉は、『時鳥なくや都の片ほとり』の句を得たり。われ佳と稱す。桃葉得意になりて、この日、家を出でし時、都をはなれぬほどに啼けかし、さらば先生の紀行の中に入らむと云ひけるが、あいにくに時鳥は啼かず。終に、片ほとりとは云へぬこの地に來

りて、はじめて其の啼くを聞きたるが、折角の取置きの句は應用するに由なかりき。眺望に時をうつして、富士を下り、別路を取りて歸る。山間の田、稻已に植ゑられたるに、二三人のしやがめるは、草とるなるべし。

小山田に一番草を取る日哉

歌ふ聲も聞ゆ。

草取の小歌に暮れし山田哉　桃葉

山つきて、村落見ゆ。田中の路をゆきしに、路は、小川にさへぎられたり。

行詰る野路の小川や茨咲く　桃葉

跳び越さむには、少しひろし。靴ぬぎて徒渉せむも、面倒なれば、ひきかへし、別路を取りて、漸く橋を得たり。田つきて、樹林村家の間を過ぐ。このあたりの屋稜には、多く一八といふ草を植ゑたり。風をふせぐため也。一婦人ぶら〲來たる。農家の女にしては、其顏氣高し。咫尺するに及んで、余に禮を爲す。余も、無意味に禮をかへす。村路に兒童ならびて禮をなすことは、平生旅行して、たび〲出逢ひたることなるが、これは、ちと、へん也。

晝顏や知らぬ兒童の禮をなす

東村山の停車場に近づけば、シグナルさがれり。早く〳〵と桃葉をうながして、停車場へ駈けつけ、切符を買ふより早く、プラットホームに出づれば、恰も好し上り汽車來たる。今二三分もおそからば、間にあはざりしなり。ほつと、胸なでおろす。日も暮れたり。

汽車の窓にたそがるゝ野や麥の花

(明治四十年)

出典:『桂月全集』第二巻　大正十一年七月九日発行　㈱興文社内桂月全集刊行會

大町桂月
明治2年(1869)~大正14年(1925)
東京大学国文科卒業
詩人、随筆家、評論家
作品は随筆、紀行文など格調高い美文で知られた

狹山紀行　大正八年一月廿六日武藏野行

松本信廣

前日までは雨でとても駄目だらうと見かぎりつけられてゐたせいか二十六日の朝新宿の停車場にあつまつた者の數は割合に少かつた。

阿部先生を筆頭として六人の一行は七時四十八分の汽車に乘つて東村山に向ふ。國分寺で川越支線に乘りかへると黄ばんだ雜木林やその間を流るる細い水流や美しい空眞白く浮き出した秩父の山などが見えはじめてさすがに武藏野の詩趣に心がうごかされる。東村山驛で下車してまだカチ〲にこほつておる道をたどりながら野口の德藏寺をおとづれた。此處に元弘戰歿者の供養碑がある。碑の高さ三尺六寸巾一尺四寸厚さ二寸ばかり。

勸進玖阿弥陀佛

飽間齋藤三郎藤原盛貞生年廿六

於武州府中五月十五日令打死

梵字　元弘三年癸酉五月十五日　敬白

同孫七家行廿三同死飽間孫三郎

宗長卅五於相州村岡十八日討死　執筆遍阿弥陀佛

と記してある。元弘三年五月十五日府中分倍河原の戰と十八日の村岡に於ける追擊戰によつて戰歿せる者の菩提を弔ふため懇意の僧が建立せしものらしい。この碑の日次にして正しければ太平記が分倍河原の決戰を十六日としておるのは誤である。

寺の後の久米川といふ小い流をわたるとその向に八國山といふ低い丘陵がつゞいてゐる。その上に將軍塚といふ小い塚が荊棘に埋れてゐた、傳說は此邊が元弘三年の昔義貞と櫻田貞國の軍の衝突した中心點として傳へてゐる。小春日和のやうなあたゝかさと明媚な武藏野の眺望は私共の心を昔の血なまぐさい戰爭の光景を聯想せしむるに似つかはしくなかつた。狹山の丘は此處を東の端として西に向けて約三里ばかり連亘しておる。丘陵の上にある所は平らかに開墾されて桑や茶畑となつておるがそれでもまだ大部分は雜木林や松林であつて、そういふ丘のいくつもがかさなりあひうねりうねつてつゞいてゐる光景は山裾の落葉松の高原を見る心持がする。

尾根の上の小徑をたどりながら埼玉縣と東京府の境標のある所から右に曲ると道は水田に下つて又向ふの丘に登つてゐる。其丘の上に小い寺があり元應二年の板碑があつた、あの後に八幡宮と水天宮の社があつて庭前には義貞兜掛松といふ老松があつた。社の左の道をたどると道は雜木林の中にはいつて行く。東京のすぐそばにこんなに人里はなれた所があるかと思ふほど靜かな爽かな原野の氣分に襲はれるのである。

まもなく荒幡富士と呼ばれた小い築山のそばに出た。上に登ると武藏野の眺望が良い。下には小さな社がまつられてある。こういふ築山は武藏野でよく出つくはすタイプのもので富士講とか御嶽教とかいふ山岳信仰者が宗教的動機からきづきあげたものらしい。山岳信仰は武藏野で廣く行れてゐる風俗である。

曠原に住する武藏野の人々はその地平線にそびえる靈峯をながめてはいゝしれぬ畏敬の念にうたれたことであらう。

殊に淺間や富士の紅蓮の焔の天に冲せるを眺めては恐ろしき神の怒と信じたのであらう。

かくして山岳は神として崇拜さるるに至つたのである。火山國としての日本に於ける山岳崇拜の風俗と殊にその武藏野に於ける發達は民族心理學上の面白い研究題目である。

この小富士山をおりてから道を山下にとり青梅街道と合し十町ほど泥土の道を西方にたどると左に曲る道がある。其處から約十五町ばかりで山口村の觀音堂に出た。

朱塗の山門をくゞり石段を上つて本堂にのぼると評判の古鐘は右手の軒に懸けられてあ

る。口徑二尺高三尺ばかり、金色の古色を帶び音も微妙であるけれどもその形その模樣はいちじるしく近代的で寺傳の如く高麗王寄進の朝鮮鐘とは信ぜられぬ。恐らく移住高麗人の手で後世鑄造せられたものであらう。然し浮彫にした許由巣父の圖はなか〳〵巧妙な出來榮えである。（許由巣父とは堯帝に位をゆづられむとして逃れかくれたといふ隱者である）

山口村は鎌倉時代に於て山口氏の住せる地である。山口氏は武藏七黨中の村山黨の一族である。黨といふのは中世に於ける武士の小族が相結合して獨立自衛もつて大族と拮抗せし一種の族的結合であつてその關係は血族關係によつて結ばれておる。武藏武士はじつにかゝる黨の結合に於て戰場を馳驅したのであつた。

もしこの族的結合が同族にあらずして異族なる場合これを一揆と名けるのである。一揆と黨とは中世に於ける一軍の構成要素であつた。村山黨は桓武天皇に流を發する平氏の一族であつてこの狹山一帶の山谷に居住して勇武をとゞろかしておつたもののごとくである。

觀音堂の後の丘を越えると勝樂寺村に出る。勝樂寺は百濟の歸化人王仁の五代の孫王辰爾が子、乃父の菩提を弔ふため開いた寺といふも今はさゝやかな寺で小い十一面觀世音を安置してあるのみ庫裏には村の女が機を織ておつた。此處には延久三年の古鐘がある。たゞし明暦三年の改鑄で古色と音響の點に於て觀音堂のものに劣るが形と模様と大さはあまりちがはぬ。延久三年とは後三條天皇の御代で平安朝末期源平二氏の勃興時代である。銘には武州高麗郡勝樂寺なる文句がある。

勝樂寺の現在の位置は過去に於て又現在に於て入間郡に屬しておるのであるから恐らく寺は過去に於て今の高麗村附近にあつたのではなからうか。

寺の開祖者の父たる王辰爾の事蹟に就いては日本書紀に左の如く見える。

天皇（敏達）皇子と大臣とに問ひて曰く、高麗の使人今いづくにかある。大臣こたへて曰く、相樂の館にはべり。天皇乃群臣を遣はして獻れる所の調物を檢錄して京師に送らしむ。……

丙辰天皇高麗の表疏を執りたまひて大臣に授け諸史を召し聚へて讀み解かしむ。是時に諸の史三日の内に皆讀むことあたはず。爰に船の史の祖王辰爾ありて能く讀み釋きたてまつれり。是に由て天皇大臣と倶にほめて曰く、「つとめよや辰爾、よきかな辰爾、汝もし學ぶことをこのまざらましかば誰か能く讀み解かまし。宜しく今より始めて侍殿の中に近侍せよ、」既にして東西の諸史に詔して曰く、汝等ならふの業なにが故にならざる。汝等多しと雖も辰爾に及ばずと。又高麗の上れる表疏烏の羽の上に書けり。字羽の黒きまゝに既に識る者なし。辰爾乃ち羽を飯(イヒ)の氣に蒸して帛(ネリギヌ)をもつて羽を印して悉く其字を寫す。朝廷 悉(ことごとく)に之を異しむ云々、
すなはち王辰爾が朝廷に甚だ重用せられてゐたことがわかる。
勝樂寺を出た一行は平地と平凡な寺に倦怠して高所をのみあこがれ寺の背後の小徑を登つたがまもなくその希望は豫想以上にみたされた、といふのはその茅のしげる丘上の上にたつと前には秩父の山がそのひだに白く冬の血脈を一杯みなぎらせながら雄々しくたけりくるふ波のやうにつらなつてゐるのを見たからである。山！山！一時に皆歡喜のあまりおどりあがつた、右手には那須白根の山がこれも眞白く雪をおびて起伏してゐる。冬枯した武藏野は吾等のたつ狹山の丘を大海のやうに渺茫として取りかこんでゐる。
　かぎりなくひろい地平線と鋭く光つた大嶽山の山稜(レッジ)とが異様に私共の心をとらへた。脊負梯子に茅を一杯しよつた農夫の子供に道を教へられ柳瀬の谷におりて其小流に沿ひつゝ狹山の丘の最高點といふべき一九五の高所に出た。秩父の山はいよ〳〵近くいよ〳〵あざやかに見えてきて實際高原らしい氣分におそはれる。日はもう餘程下つて日光が雲間から矢の如く射出してゐる。勝樂寺を出てから目的地として吾々は狹山の丘の西端なる駒形富

士山(ヤマ)といふ名を山と誤解して探し求めたのであるが實際は小字の名であつたので失望した。然しおかげで狭山の丘を縦走してしまつたから満足である。もう大分おそくなつたので箱根崎から福生の停車場に出る、その間一里ばかり夕風ふきあれる武藏野の曠野をゆくと秩父の山も次第に闇くなつて雪溪のみがほの白く見えてゐる、四時四十分停車場につき五時四十分の汽車に投じた時足は心地よくつかれてゐた。七時半　新宿驛解散。

出典：慶應義塾山岳会会誌「登高行」第一号　大正8年7月発行

松本信廣
明治30年（1897）〜昭和56年（1981）
慶應義塾大学文学科卒業
民俗・民族学者、文学博士
慶應義塾大学教授（文学部長）
日本民族学協会理事長、日本学術会議会員

所沢七福神霊場「八国山・荒幡富士コース」開場祝賀会の記録

日尾野康道　永源寺住職
小泉正雄　本覚院檀家総代（当時96歳）
大野木喜行　長久寺住職
山田亮裕　佛眼寺住職
木村盛雄　持明院住職
長谷川淳隆　光蔵寺住職
平塚宗臣　所澤郷土美術館館長
林　亮壽　本覚院住職
木村眞弘　海蔵寺住職

日時　令和二年二月一日（土・友引）午前十時半～午後二時

会場　ベルヴィ ザ・グラン　所沢市星の宮一丁目三の五

主催　所沢七福神霊場「八国山・荒幡富士コース」
　　　開場祝賀会実行委員会

代表　平塚宗臣（所澤郷土美術館館長）　開会挨拶

代表　小泉正雄（本覚院檀家総代、元所沢法人会会長・所沢商工会議所副会頭）

乾杯

委員　木村盛雄（持明院住職、元埼玉県佛教会会長）　お開き挨拶

委員　大野木喜行（長久寺住職、所沢七福神霊場会会長）　挨拶

委員　山田亮裕（佛眼寺住職、所沢佛教会会長）　司会

委員　日尾野康道（永源寺住職）

委員　長谷川淳隆（光蔵寺住職）

委員　林　亮壽（本覚院住職）
委員　木村眞弘（海蔵寺住職、所沢七福神霊場会幹事長）
委員　佐藤哲夫（永源寺檀家総代）
委員　針ヶ谷清（佛眼寺檀家総代）
委員　内野幸雄（光蔵寺檀家総代）
委員　下田孝夫（長久寺檀家総代）

来賓
祝辞　藤本正人（所沢市長）
〃　柴山昌彦（衆議院議員、元文部科学大臣）
〃　岡田静佳（埼玉県県議会議員）
〃　浅野美恵子（所沢市議会議員）
〃　粕谷不二夫（所沢市議会議員）
〃　荻野敏行（所沢商工会議所会頭）

〃　新井重雄（所沢市まちづくり観光協会会長）
〃　粂原恒久（蓮馨寺住職、小江戸川越七福神霊場会会長・小江戸川越観光協会会長）
〃　田中政樹（金乗院山口観音住職）
柳田晃芳（所沢市商業観光課課長）
肥沼位昌（所沢市文化財保護課課長）
酒巻　満（西武所沢ＳＣ館館長）
五十嵐明（財日本郷土民謡協会名誉教授）　祝歌　尺八演奏
山下利治（情報印刷㈱社長）
肥田野善一（所沢石材㈱社長）
高橋六郎（町内会会長）
平塚欣一（町内会会長）
佐藤　剛（町内会会長）
内野　勇（町内会会長）

参列者

持明院檀家役員

山下哲生
増田昌夫
中嶋英雄
中村誠惠
増田初男
増田政敏
武内　守
五十嵐高雄
峯岸正利
長山孝雄
山下信寿

長久寺檀家役員

市川雅巳
下田貞夫
下田博之
鈴木郁夫
丸山　昇
日橋忠洋
肥田野敏夫

佛眼寺檀家役員

松島　清
鹿島　茂
鹿島　実
鹿島俊宜
石井秀一
柴崎廣範
輿芝愛子
久保田春子
久保田雅美

永源寺檀家役員

鈴木征寿
鈴木久夫
小島　修
小澤幸男
山田義郎
平塚朋治
山田ゆき子

光蔵寺檀家役員

内野　晃
内野政明
斉藤　勝
磯田　繁
内野安登

本覚院檀家役員

小泉　栄
田口　進
金子誠一
小泉カズ子
関根義男
小澤　修
村野成美
村野一夫
村野裕一

海蔵寺檀家役員

池田千子
粕谷栄三
粕谷守治
粕谷　崇
落合幸男
三浦光広

知新会（所沢文化人の会）

小暮晴彦
山田弘雄
新井　章
秋田芳浩
三上博史
小肥　博
木村卓夫

所沢三田会

大出　勇
一之瀬浩久
篠塚文雄
岡田　充
黛　雅昭
工藤　章
齋藤宏保
澤田とし子

吾妻小学校同級生（檀家）
〈昭和二十四年三月卒業〉

峰岸邦夫
佐藤義光
岩浪　博
内野光雄
内野伊輔
内野恵輔
築地彌生
藤宮英子
藤森　久
内海やす子
新井久江

開場祝賀会（会場風景）

「広報ところざわ」の記事（令和２年５月号）

すように。「所沢七福神めぐり」を発案

の日。「絶好のタイミン
いましたね」と所澤郷土
山桜をバックに迎えてく
術館館長の平塚宗臣（ひらつかそうじん）さん。
生した「所沢七福神めぐ
。
人口減少の時代。心の豊
る今、所沢の魅力をまち
けたいと考えていた平塚
もふまえ、所沢にまだな
めぐり」のアイデアが浮
くこと、人を呼び込むこ
性化につながる。福を授
の神様をお招きしよう。

ントの選定には、条件が
の心のよりどころとして
」「駅から比較的近く、
ず安全に歩けるコース」
きて、ウォーキングやハ
めるエリア」。
寺と神社を洗い出して調
厳しい条件を満たしたの
荒幡富士周辺にかけての
平安から鎌倉時代にわた
みどりと起伏に富むウォ
た道、所沢の主流・柳瀬
期せずして、平塚さん自
た最もなじみの深いエリ

地域の７つの古刹（こさつ）の住職に呼びかけ、檀家など多くの地域住民の協力を得て、七福神めぐりの開場に向けて活動が始まった。7つの新しい像がそれぞれの寺院に迎えられ、トコろんのマーク入りの新たな御朱印も作成した。「関係者の皆さんの熱意と協力がなければ、実現しませんでした」平塚さんの声に力がこもる。「所沢には眠っている宝、資源がたくさんある。先人たちが遺してくれた宝を掘り起こして、まちおこしに生かしたい。それには、民間が中心になって動くのがいいんです」。

こうして誕生した「所沢七福神めぐり」。最初の1カ月で約1,000人が訪れたという。「これから、いかにまちおこしに結び付けていくか。周辺事業者とのタイアップなど、いろいろな展開もありそうです」。

誕生したコースに「八国山・荒幡富士コース」と名付けたのは、後に新たな「所沢七福神めぐり」のコースが続くことができるように、との思いからだ。所沢に住む人に、地域の魅力に気付いてほしい。たくさんの人が所沢を訪れ、愛着を持ってほしい。そして、この地を巡る全ての人に健康と幸福が授かりますように。郷土史家、歌人、私設美術館の館長など多忙な日々を過ごしながら、平塚さんの夢は続く。（取材：加賀谷）

はつらつ ところっこ

訪れる人に福が授かりま

「所沢七福神めぐり」発案者／郷土史家・歌人

平塚(ひらつか) 宗臣(そうじん)さん（久米在住）

所澤郷土美術館館長。

65歳で銀行員を退任後、郷土史と短歌を学び始める。所沢の自然と歴史をまちおこしに生かしたいと、「所沢七福神めぐり」を発案。

同コースは、地域の関係者の協力を得て令和2年1月に開場した。

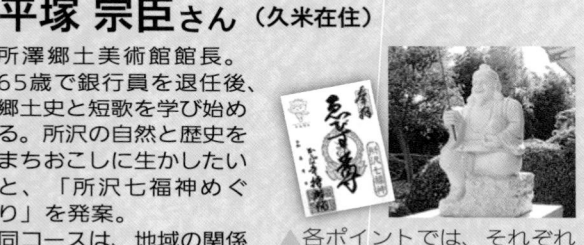

▲各ポイントでは、それぞれの神様の像が出迎えてくれる。トコろんの御朱印も必見！

うららかな春
グでいらっしゃ
美術館の満開の
れたのは、同美
今年の正月に誕
り」の発案者だ
少子高齢化、
かさが求められ
おこしに結び付
さん。健康志向
かった「七福神
かんだ。人が動
とは、まちの活
けてくれる７つ

７カ所のポイ
あった。「市民
親しまれる場所
交通量が多すぎ
「歴史探訪がで
イキングも楽し
市内の全ての
べた平塚さんの
が、八国山から
コースだった。
る歴史ロマン、
ーキングに適し
川が貫く地域。
身が生まれ育っ
アだった。

あとがき　七福神は心のお友達

ちかごろ私は七福の神様と親しい心のお友達になった。時々暇をみては詣でて歓談させていただく。神様も喜んで迎えてくれる。本当に庶民的な神様だと思う。

人間八十を過ぎると亡くなる友も増え淋しさが増してくる。いま私にとって七福神は頼もしい永遠の心の友なのである。

先日、七福神が私に所沢を案内してほしいと言う。所沢の名物を食べたり、飲んだりしたいと言うので、名物の「焼だんご」と「手打ちうどん」を食べに連れて行った。初めて食べて、焼だんごの醤油の焼いた香りや、手打ちうどんの味が気に入り、忘れられないと言う。

今度はお酒を飲みたいと言うので各地の地酒を商うお店に連れて行った。店の主人は福の神様が七柱、お揃いでお見えになられたのでびっくり。大変喜んだ。

恵比寿尊が「所沢の地酒を飲みたい」と言う。主人が「所沢には《ゆめところ》という地酒があります。所沢産のお米で造った純米酒です」と言い差し上げた。神様は口にしながら「所沢の味、フルーティでなかなか美味い」と喜んだ。

今度は大黒天が「七福神というお酒はあるのですか」と訊く。「あります。岩手県盛岡の地酒です。あいにく今日は手持ちがありません。代わりに木曽の銘酒《七笑》はいかがでしょうか。純米吟醸酒です」と主人。「いいですね《七笑》。われわれにぴったりだ……。美味い美味い」と皆にこにこしながら酌み交わした。

七福神は本当に庶民的な神様であり、楽しい。もうすっかり所沢の住人になった。市民の皆さんと親しく歓談したいと言う。神様も新しい土地に来て友達がほしいのだ。

市民の皆さん、気楽に詣でてお話をしてください。願いごとを叶え、福運を授けてくださる身近な神様ですから。

私は毎年七福神の新しい御朱印をいただき、帰宅すると御朱印に日付を記入し、神棚に祀る。私の一年間の福運の御守りなのである。

八十（やそ）半ば福禄寿神に初詣で口髭顎鬚生やしてみたり

令和五年正月

宗臣　八十五歳

撮影者プロフィール（＊「広報ところざわ」の写真除く）

岡田 充（おかだ みつる）

昭和19年　群馬県桐生市に生まる
昭和42年　慶應義塾大学商学部卒業
　　　　　第一銀行入行（のち第一勧業銀行、現みずほ銀行）
　　　　　第一勧業銀行支店長などを歴任後、
　　　　　日本ヒルトン㈱常勤監査役

現在　　　所沢市松が丘に住み、武蔵野を舞台に写真家として活動
　　　　　毎日写真コンテスト、日報連コンテスト、
　　　　　角川「武蔵野樹林フォトコンテスト」など入選多数。
　　　　　ふるさとお国自慢コンテストにて東京都知事賞受賞

写真集『狭山湖の詩情』『八国山の四季』『郷土の桜紀行』 他

著者略歴

平塚宗臣（ひらつか そうじん）

昭和 12 年　埼玉県入間郡吾妻村久米（現・所沢市大字久米）に生まる
昭和 34 年　慶應義塾大学経済学部卒業
　　　　　　元あさひ銀行（現りそなホールディングス）副頭取

現在　　　　歌人　りとむ短歌会所属
　　　　　　日本歌人クラブ会員
　　　　　　埼玉県歌人会会員

平成 27 年　鶴岡八幡宮献詠披講式にて宮司賞受賞
平成 27 年　第一歌集『八國山』（角川文化振興財団）出版
平成 28 年　宮中歌会始に陪聴人として招かる
令和　3 年　第二歌集『古都鎌倉』（角川文化振興財団）出版

郷土史家　　所沢七福神巡りを企画。
　　　　　　七か寺の住職と檀家の総力で令和 2 年に開場す

所澤郷土美術館館長
平成 19 年　埼玉県文化ともしび賞受賞

現住所　〒 359-1131　埼玉県所沢市大字久米 1447-1